# Perlas escondidas

# Perlas escondidas

***Selección de artículos, ensayos y crítica literaria publicados en revistas y periódicos nacionales e internacionales.***

Elizabeth Quezada

Edición a cargo de la autora

ISBN: 978-1-4716-6937-8

Impresión: www.lulu.com

*Especial dedicación a mi madre,* ***Mercedes Jiménez vda. Quezada,*** *por su coraje.*

## *1*

## Amanece

*"No nos quedamos ciegos, creo que somos ciegos: ciegos que ven, que viendo no ven." José Saramago.*

***–Ensayo sobre la ceguera-***

Amanece como si fuera poco, como si no fuese un despertar más, como si no nos levantáramos de la muerte, como si la hora gris no fuese tan gris, primero negra, muy negra, más negra que siempre. Amanece y la pesadilla que columpia nuestros sueños se interrumpe con el despertar, con la expectación de la mirada nueva, con la terquedad de unos ojos cansados, a veces, que se resisten a despegarse unos de otros…en sus estados legañosos, apretados a las nuevas malas viejas, a las noticias reiteradas de lo irracional que puede llegar a ser el hombre tecnológico y pensante que lleva saco y corbata y que, supuestamente se avergüenza de la desnudez ingenua de un taparrabos tercermundista. Amanece y con el alba despiertan las esperanzas; pero también amanece la agonía, la cuenta a gotas de un enfermo en su ocaso; o las búsquedas constante de ese hombre  o mujer que vive del día a día.

Amanece y el gris da paso a una exposición de luz solar que preña la naturaleza: el mar, los bosques, el cielo, la ciudad y el rojo fuego del sol, se hace azul-gris, lila, azul cadmio, púrpura, violeta y el cielo se convierte en la obra de arte que nunca podrán pintar los hombres. Amanece y ese rayo de luz del despertar se nos instala en las venas, nos corre en la sangre, nos levanta con nuevas fuerzas para seguir, para insistir, para creer que podemos ser y hacer mejores las cosas. Que mientras hay soplo de aire, hay luz, hay esperanza, y que los grandes cambios fueron ejecutados por unos pocos pensadores que se dieron a la tarea de servir a los otros sin mas animo que la justicia social... la equidad y la educación para todos. Amanece y con el canto de los gallos, imponentes, el susurro piar de las aves como fondo de flautas traversas que arrullan los agudos del gallo nacemos de la muerte de la noche que nos sepulta en pesadillas interminables y que nos despierta a una vida manipulada por los poderosos. Amanece y el día erecto nos penetra hasta el pensamiento y nos quema de púrpura las pestañas y nos muestra el temblor y los deseos.

## 2

## Resiliencias

Desmoronarse en el abismo del traspié es tan humano cuando el error es propio o del ser querido; pero cuando otro pisa la cáscara de guineo sin comérselo ni beber agua; y se va de boca contra el mundo, se instalan hogueras y patíbulos para la quema moral y el descrédito público. Si quedan las cenizas y no vuelan con los vientos de cuaresma se tuvo suerte porque de las cenizas se puede resurgir como el ave fénix. Cuando te equivocas en la suma y resta o en las decisiones de la vida te expulsan a una fosa de excrementos y te marginan al mundo del nunca jamás. No del nunca jamás de gnomos y de fábulas, ¡no! es el no de la negación, del olvido.

Levantarse después del azote natural o de la calumnia, de la zancadilla, de los murmullos y las miradas culpables. Gatear hueco arriba como por un palo untado de aceite resbaladizo mientras recibes toda suerte de objetos como jugando al tiro al blanco con tu cabeza para que la ascensión parezca eterna; o te turbes y vuelvas a caer una y mil veces. Y derrumbados como un cristo; mancillado, negado, burlado crucificado y muerto; puedes volver a resurgir desde el fondo de la fosa; lentamente, en humildad y perseverancia; resurgir desde las piedras, desde la muerte. Y ser resiliente como un salvador que renace al tercer día. Como una Marta absuelta. Resiliencias válidas para engrandecer lo humano de lo divino que todos llevamos dentro.

Ser una leve brisa cálida, aire que besa sin tocar y abraza el calor del caribe y de allí levantarse en viento fuerte que arrasa enfurecido árboles endebles y vidas pasivas y converger en tornado que extirpa las raíces de la gente, sus casas, su certeza...y los deja desnudos con una hoja de parra cubriéndose la vergüenza. O ser una gota que excita a una piedra impune y de tanto dar con ella le hace un hueco de siglos. Y se vuelve nube, llovizna, trueno... se llena en los ríos y se multiplica de sales en los mares. Se vuelve huracán que ahoga la tierra, que levanta los mares, que destruye campo y ciudades. Que se come la siembra, se burla del campesino y la cosecha.

Ser fuego que calienta; que tibia, que enciende; que ama la pasión que da fuerzas y nos impulsa a ser y hacer lo que somos en la vida. O ser fuego arrasador, ególatra maldito, vivir en primera persona en trinidad constante... siendo enano calcinado de mentiras.

O ser tierra que se cultiva, procreadora de vida, de flores y frutos. Tierra que se seca y se marchita o tierra que se moja y se fecunda. Ser hueco donde enterrar los muertos; puntos cardinales donde construir la vida; cueva donde pintaron en la edad de piedra; suelo que nos mantiene sembrados a nuestra patria.

Levantarse después del azote natural o de la calumnia, de la zancadilla, de los murmullos y las miradas culpables. Gatear hueco arriba como por un palo untado de aceite, resbaladizo mientras recibes toda suerte de objetos como jugando al tiro al blanco con tu cabeza para que la ascensión parezca eterna o te turbes y vuelvas a caer una y mil veces. Y derrumbados como un cristo; mancillado, negado, burlado crucificado y muerto; puedes volver a resurgir desde el fondo de la fosa; desde las piedras, desde la muerte.

Y ser resiliente como un salvador que renace al tercer día. Como una Marta absuelta. Resiliencias válidas para engrandecer lo humano de lo divino que todos llevamos dentro.

## 3

## La trascendencia del dolor

"He aprendido que el mundo tiene un alma y que quien entienda ese alma, entenderá el lenguaje de las cosas," El Alquimista, **Paulo Coelho.**

Ya saben que los escritores tendemos a vivir varias vidas en una… y es que mientras transitamos o permanecemos callados, en nuestro interior existe un centenar de escenas repitiéndose una y mil veces hasta que cedemos a exteriorizarlas en papel o en la pantalla de un monitor y una memoria la resguarda de la nuestra que nos tiende a jugar malas pasadas. En mi caso me encanta la idea de poner en blanco mi mente y de buscar en la contemplación, o en la oración, en el auto-retiro, la paz y el estado yogui de la mente; o sea el estado de la mente en blanco que proponen los fundamentos védicos sobre el yoga, y cito:

"Yoga is the cessation of the activities of the mind" *Yoga Sutra, 1.1-2-... (**Indian Philosophy, pp 109)...**

Y yo invito a apagar los ruidos del mundo. La exacerbación de los deseos materiales: del aquí y el ahora. La rapidez y la agitación de las necesidades creadas, de los compromisos supuestamente impostergables... esa vida Light, sin ningún beneficio hacia el interior ni para la posteridad que lo post-moderno y la globalización nos ha heredado.

Entregarse a la oración, al auto-retiro o al yoga u otras técnicas espirituales es como ir matando los deseos de lo superfluo (viejo hombre-mujer) e internarse en la trascendencia mística con que gira el universo. Y justamente el ser humano necesita de la espiritualidad para acceder a la paz interior que ofrecen esos estados superiores cuando se ejercita desde la convicción de la divinidad. (Ojo, que no agrego religión, porque todas se dirigen a un mismo propósito por diversas vías).

Todos saben que transitar los caminos del dolor supone interrogantes existenciales y hasta egoístas sobre el – ¿por qué a mí?...o sea que mientras a los otros les pase, no hay el mayor problema... Sin embargo el dolor como daga punzante extrae toda podredumbre y tóxicos que podría albergar nuestra alma y nos limpia. Extirpa de un tajo nuestros esquemas personales y nos enfrenta a nuevas opciones o forma de mirar y sentir la vida, nuestra y vuestras vidas.

Dice José Antonio Marina:

"Los sentimientos son puntos de llegada y puntos de partida; son resumen y propensión. Resultan de la acción pasada y preparan para la futura..." y agrega: "El miedo incita a la huida; el amor al acercamiento. El asco al vómito. La alegría a la acción; la vergüenza al ocultamiento...etc." (El Laberinto Sentimental, pp. 32). Y habla sobre los esquemas de personalidad que existen, basados, obviamente en las condiciones innatas y en lo aprendido. Son temas muy profundos y extensos...sólo los hurgo como con un pincel fino para abordar el esquema del dolor real.

El dolor nos instruye, nos levanta, nos da a fuerza de golpes muy fuertes toda la tenacidad para seguir luchando en pos de nuestros ideales. Es necesario para entender la partida de un ser querido creer en el más allá que propone la Biblia y todos los demás libros sagrados. Hay que entender que nuestro cuerpo es sólo el hogar en que habitamos en esta tierra... que es cemento y barro y se queda en la tierra; pero nuestro espíritu, nuestro aliento de vida se va ipso facto el deceso...la partida, el último aliento de vida, la expiración. Vuela en los brazos de esa luz brillante u oscura, según la trascendencia o el crecimiento en su paso por la vida...

Nuestra hermana Nancy voló en el tiempo que tenía que marchar, es un misterio que debemos aceptar para la paz de su alma. Y cada uno de nosotros lo hará cuando llegué su hora. No nos desesperemos cuando alguien se nos va porque tarde o temprano lo alcanzaremos en ese viaje inaplazable que tenemos agendado en esta vida.

Debemos prescindir del miedo que ata, que destruye, que crea resentimientos y más dolor. Que sirva este esquema de dolor por el cual estamos pasando como puente de las ideas que ella dejó y su obra siga prosperando. Que el dolor construya lazos de amor y no de separación o rabias innecesarias contra la vida. Luchemos por crear sentimientos de esperanza y de solidaridad como lo hacía nuestra hermana Nancy, que vivió y murió enarbolando una causa común desde su oficina distrital al lado del más necesitado.▶

En la familia supimos siempre que era la más alegre, la más juguetona, algo estoica para dirimir sus necesidades cuando las tuvo... nunca negativa, siempre positiva... y a pesar de vivir muchas veces en la austeridad tenía para dar a los otros. ¡Qué honor compartir en esta vida con ella la sangre, la alegría y las lágrimas! Hasta siempre hermana.

Y a pesar de lo que Rilke dice sobre el amor..."son dos soledades compartidas"; y que, incluso hay una "misoginia griega", que particularmente creo que se ha extendido a nuestros días con respecto a la supuesta dominación que la mujer impone sobre el hombre, incluso con el matrimonio...creo fervientemente en el amor universal, el amor al otro per se; del amor generoso, carente de egos y trampas.

Finalmente quiero regalarles esta cita de la Biblia que habla de la importancia del amor. 1Corintios 13-13:

"Y ahora permanecen la fe, la esperanza y el amor; estos tres, pero el mayor de ellos es el amor."

## 4

## *Espejo de amor*

Dice Deepak Chopra en su libro de los secretos: "Tu propósito en la vida es fomentar la expansión y crecimiento de la creación. Cuando te miras, sólo ver amor".

Y comienza detallando los grandes valores de la tolerancia, la solidaridad, la aceptación propia y ajena, etc. Esto como punta de lanza para abordar el tema de la recapitulación de metas, objetivos, propósitos que evaluar hacia el fin de una etapa e inicio de otra.

En sentido general al escritor se le acusa de ser el protagonista escondido en sus obras. Aunque no siempre es así, pienso que si los eventos desafortunados o milagrosos que nos ocurren no son expuestos la suma de experiencias o conocimientos adquiridos se van por el excusado. A sabiendas, claro está, que cada cabeza es un mundo. Y que todos tenemos caminos y aprendizajes que descubrir. Tropiezos que nos darán duro en la cabeza y que nos harán crecer, sin duda. Cuando tiendes a ser perfeccionista, rígido, supuestamente: "intachable"... te envuelves en una maraña de complejos razonamientos a priori. Prejuiciado, calificas a la humanidad y a los eventos por un contexto dado. Se razona de lo general a lo particular… cuando debe ser lo contrario. De esta forma tendemos a obviar las contingencias que hicieron a ese individuo o a ese acto per se. Se nos olvida, muy a menudo, que nos juzgara como juzguemos. Y no importa lo devoto-a que fueres o somos "arderás en las llamas del infierno" (esto para los que creen en paraísos-infierno que yo con los de, lo Dante me quedo) si te equivocas en tus apreciaciones alegres sucumbes a las abominaciones, blasfemias, e injurias que se cargan automáticamente como karmas que deberás resolver en tu ya cargada tenencia de "pecados" por decirlo de algún modo.

Es cierto que hay en la alquimia del ser humano un algo que nos invita a socializar con unos, y con otros, no. Que somos como polos que nos atraemos unos y otros nos rechazamos. Es como algo químico conectado a nuestra piel, nuestros poros… un –no sé qué- un qué se yo… como decía el popular merengue de nuestro dominicano Johnny

Ventura. De esta forma caemos en grandes errores de apreciación, con los cuales me conjure no cargar más, pues tiendo a ser muy selectiva a la hora de escoger la gente que está a mí alrededor. Debo admitir que este ano di por cumplida mi meta de no juzgar antes de conocer a fondo ningún evento o persona en particular. Di por aprendida la tarea de que si una persona te valora por lo que tienes materialmente (en el momento); vale decir, incluso, la liquidez…no cabe en mi inviolable círculo. Pues los tesoros del alma, esa perla de la que habla Chopra ni siquiera importa para esas personas... Cuando estás en quiebra, dicen ellos, los de pensamientos derrotistas y que solo miran el exterior: (Susurro) -eres un fracasado-. Olvidan que a veces estamos arriba; y otras veces abajo… que lo material es tan fortuito como la vida misma. Y digo yo…que ilusos los que solo definen el cuerpo que no el alma. Los que restablecen las normas del vestir, no del sentir. Los que piensan que con la ropa, el carro, los accesorios se puede comprar u obtener calificación de –ser persona calificada- o ser personalidad. Hay una serie de pautas que el libro de los secretos de Chopra expone de forma magistral para esas personas que tienen el interior vacío, sin nada. Que se llenan de materialidad corpórea y olvidan llenar de algo parecido al aire, al oxigeno su interior. De eso que nos hace ser hijos de Dios o más bien que nos hace divinos. Con todo y esto debemos mostrar la otra mejilla cuando perdonamos con amor, con pena ajena, con olvido y sin rencor todos los abusos que se hacen por no valorar; y ni siquiera preocuparse por buscar en su interior sus perlas escondidas. Recuerden siempre (yo incluida) que cada vez que calumniamos a otro-a nos rebajamos de inmediato, muy por debajo del criticado. Y en el supuesto que se dijera la verdad corrupta de otro cargamos karmas ajenos que nos contaminan.

## 5

### *De piedra bruta a diamante*

¿Y si lográramos la transformación de una piedra bruta en diamante? Y si nuestra fe fuera del tamaño del grano de una mostaza y moviéramos las montañas; partiéramos los océanos en dos como hiciera *Moisés,* especialmente cuando el momento crítico llega: cuando te encañonan los fusiles de la guerra; cuando el hambre y los golpes no dejan piel en el oprimido, en el aguerrido, en el violado por su tierra, sus gobiernos, sus hombres y mujeres, por sus tesoros físicos y morales.

Cuando la llaga de la desesperanza se pudre y maloliente se funde con la muerte en vida. Este tema que toco con diapasón en las palabras afinadas hasta el dolor es un llamado a la esperanza; a la apertura de la fe como la certeza de lograr lo que no se ve no con miras a las posesiones materiales que todos merecemos y que si las logramos, ¡bendito sea Dios!, sea, de monumento explícito a que las riquezas no son de unos pocos que avaros pretenden alzarse con las posesiones de la tierra como si estas vinieran con nombres; o mejor dicho, con apellidos patentizados a sus salivas o cabellos. Escribo bajo las notas de la Quinta Sinfonía de *Beethoven*.

Estoy cansada de las justificaciones aunque existan y se conviertan en defensa perpetua del que delinque, del que roba, del que envidia, del que mata y no solo a su prójimo sino a sí mismos.

Es un individuo que se seca por dentro, que odia, que se transforma en un antisocial confeso; que se convierte en juez y parte y cocina sus deseos a fuego lento para sacrificar algún día a los que le hicieron eso, a él y a su familia. No entiende de amor, ni de fe, ni de circunstancias, sólo de encontrar el billete, la plata, para ajusticiar a los suyos, en el supuesto de vivir un trauma trágico. Tampoco es que no se deba poner en balance las circunstancias del hombre que lo llevan a cometer actos de barbarie como la de convertirse en un narcotraficante sólo porque de niño paso hambre; o, porque le dejaron morir a un hijo en un hospital público. Peor aún, le mataron su niño interior, en su propia casa maternal. Espinoso, ¿verdad?

Es cierto que las necesidades primarias deben ser llenadas por las instituciones de poder; los mismos que elegimos cada cierto tiempo para que sigan haciendo más de lo mismo. Limpiar las arcas del estado para su propio beneficio aunque sus líderes máximos se revuelquen en sus tumbas. Ahora bien, y quiero subrayar esto, nadie se hace rico trabajando honradamente, de día y de noche, toda la vida... no. ¿Y por qué existe la necesidad de ser rico, adinerado, que nos sobre el poder adquisitivo? ¿Por qué esa maldita manía de tener un carro del año?

Compras compulsivas de bienes y servicios que ya tenemos y que cambiamos antes de que, incluso, inventen el siguiente artefacto de punta; o el modelito de alta costura pase de temporada. Es que soy una desgraciada hija de su madre que nació en otro planeta a la que no le interesa tener veinticuatro jeans o treinta pares de zapato porque sólo tiene dos pies y una sola cola. O a la que el bb (*Black Berry*), fastidio de llamadas y textos constantes la saca de quicio, sólo con imaginar a mi hija, Emily, desatendiendo alguna labor de cierta importancia como hacer los alimentos, por ejemplo. No me digan que creen en Dios y lo alaban cuando hay tanta gente que no tiene qué comer; ni tienen píldoras que atenúe una enfermedad mortal. Esta necesidad no es creada.

Por Dios, la gran mayoría de necesidades son creadas... y, partiendo de esto, la problemática de nuestro sistema económico y hablo desde los sectores del poder hasta la más humilde de nuestras familias es que nos endeudamos hasta las muelas. ¡Ah! Pero si eso nos lo enseña, justamente el sistema. -Bien- ¿Se los obliga a punta de pistola a tener el hijo en el colegio más caro? Claro, a no ser por el orgullo de decir: - mi hijo estudia en el Colegio *Carol Morgan-*, por poner un ejemplo. Y no me vengan con la respuesta de que en los liceos públicos no se da clase porque se ha demostrado que el estudiante que se destaca es un alumno disciplinado en cualquier terreno. Siendo el hogar, justamente, el principal comisionado para entregar a la sociedad un individuo integral. En los planteles escolares sólo se dan herramientas y reglas para el buen uso de lo aprendido o por aprender a lo largo del día, del mes, de la vida misma.

Hay familias que duran toda una vida, trabajando desde abajo, ahorrando, dejando de comer un helado; o de ponerse una ropa que algún día quisieron; o de cenar en los buenos restaurantes; mejor dicho que vivieron toda una vida de austeridad para que hoy por hoy sus apellidos sean endosados como empresarios de éxitos y de disciplina, ejemplos nacionales, no los citaré aquí, porque no es el caso ni tengo patrocinio alguno; de todas formas si lo tuviera y no fuera catalogada –la familia- por mí dentro de ese renglón tampoco lo pondría. Otra manera de enriquecerse es la de heredar por matrimonio, por una suerte del destino o de los juegos de azar; por situaciones de esas que les llamamos *milagros,* o golpes de **fe**. Son los menos; pero también existen; y lo que yo quiero que desaparezca es esa envidia pública o privada; auto-destructiva para el que la siente, hacia las personas que tienen un poder adquisitivo sin tenerle que enrostrar partidarismos, corrupción ni narcos-temas.

En este país somos buenos, sí...pero nos gusta vivir del *–allante-* (coloquialismo dominicano que significa: -aparentar- lo que no somos) viviendo ahogados en préstamos de altos intereses. Creando riquezas al avaro, al que guarda y hace fortuna; y luego, envidiándole lo que tiene. No obstante se solapa y se le tumba polvo al que tiene poder; y se humilla y ningunea del mapa, al humilde, al que no le importan las poses, al desinhibido, al sencillo que no simple.

Una piedra bruta para mí es la persona que acabo de definir en el anterior párrafo. Un diamante es aquella persona que vive por fe y que sin ser conformista es feliz con lo que tiene porque para ser feliz no necesita mucho. La felicidad no depende de joyas, ni de trapos, ni de honores, ni de medallas, ni de saber qué se tiene y qué no. Lo material es circunstancial, va y viene. Subimos y bajamos pero en lo humano debemos tratar de elevar nuestros espíritus dejando de lado la necesidad de tener y logrando convertirnos en ese ser-diamante que brille para la eternidad, como fuimos creados.

## 6

**La neuro-teología:** espiritualidad cerebral.

La sociedad postmoderna logró divinizar al hombre y matar a Dios en un proceso lento e infructuoso en cuanto a resultados; y vive asida a la soledad desatada por esa desaparición. "Dios ha muerto" publicó Nietzsche en los albores del Modernismo… y satanizado este, muchos se aferran a su teoría olvidando el libre albedrío que recuerda la democracia divina para el camino correcto. Es fácil: "Por sus frutos los conoceréis". Por otro lado, Russel afirmó: "La invasión de detractores ha permitido yugular la conciencia metafísica de finitud". La ínter cambiabilidad de objetos; el derroche, la conceptualización del hombre como máquina deseante y la expansión mediática han suplido a la reflexión. Llenos de un pluralismo hueco y poco confiable. El mundo es una mesa

exquisitamente bien servida con toda clase de creencias y caminos pseudos-espirituales.
¿Se debe creer en una realidad pragmática y científica o en una realidad espiritual y apegada a la fe?

Lo cierto es que, para bien o para mal y yo particularmente pienso que para bien, me he encontrado en esa búsqueda, con una revista vieja que solía coleccionar, para la consumación de un ensayo sobre la postmodernidad y lo divino -del cual extraigo este segmento- ¡Et Voila! Justamente releo el artículo de Vince Rause, quien relata un encuentro que tuvo con el académico e investigador Andrew Newberg, profesor de la Universidad de Pensilvania para hablar sobre su **teoría biológica** de la religión, que según él constituye la base **neurológica** de la gran necesidad humana de Dios. Esa teoría ha hecho de él una de las personas más importantes en la incipiente ciencia de la neuro-teología que explora el vínculo entre la espiritualidad y el cerebro.

El (Newberg) subraya que el estado descrito por los místicos en sus oraciones y elevaciones divinas puede ser real. Le pregunta Vincent que si habla de una realidad metafórica y él le contesta que no. **"Es tan real como una mesa o una silla."** Newberg asegura que no sólo ha observado el estado cerebral sino la ha fotografiado. La teoría de Newberg se basa en los estudios hechos por Eugene D'aquili, siquiatra y antropólogo de los años setenta. Estos estudios de D'aquili afirmaban que la función cerebral podía producir una gama de experiencias religiosas desde la profunda revelaciones de los santos hasta las aproximación a lo sagrado que experimente un creyente en oración. Estos se asociaron a principios de los noventa (Newberg y D'Aquili). "Usaron la tecnología del Scanneo (SPECT) para mapear los cerebros de budistas tibetanos en meditación de monjas franciscanas en oración contemplativa", dijo. Los scanners fotografiaron el flujo sanguíneo que indican los niveles de actividad neural del cerebro en cada sujeto en el momento en que este alcanzaba el punto de intensidad espiritual. Cuando los científicos lo hicieron les llamó la atención una porción del lóbulo parietal izquierdo a la que denominaron "Región de asociación de la orientación". Esta región traza la frontera del YO Físico y el resto de la existencia. Tarea que exige un flujo continúo de información neural proveniente de los sentidos. Las imágenes revelaron que en los momentos más intensos el flujo se reducía drásticamente. Y entonces el individuo experimentaba una conciencia ilimitada que se fundía con el espacio infinito. Al parecer obtuvieron gráficas de esto. Se refirieron a la UNION MISTICA CON DIOS. Un budista lo llamaría INTERCONEXION. Estos descubrimientos dejaron claro que estos sentimientos no tenías que ver ni con emociones ni con ilusión sino en los circuitos genéticamente dispuestos del cerebro. Por eso prospera la religión en una edad de la razón. Dice Newberg, no se puede descartar a DIOS con el pensamiento. Porque los sentimientos religiosos surgen más de la experiencia que de la razón. Nace en un momento de conexión espiritual tan real como el cerebro; como cualquier percepción física y ordinaria. Dios es una percepción del cerebro o el cerebro esta dotado de circuitos que permiten experimentar la realidad de Dios. De hecho las imágenes de Newberg indican que el cerebro podría ser capaz de experimentar dos realidades: en una la conciencia llega a la mente a través del filtro del yo; y en la otra el YO se hace a un lado, y la conciencia de la mente se amplia y se unifica.

La realidad teórica es cosa de grados, dice Newberg al preguntarle sobre cuál era la más real... "Lo que se siente más real es más real", -contestó el investigador.

Albert Einstein dijo: "Lo más hermoso que podemos experimentar es el misterio, es la emoción fundamental de la que nace la verdadera ciencia, aquel que no lo conoce y ya no puede maravillarse, vive como si estuviera muerto". Cita Rause a Einsten como leyendo lo que estaba sintiendo sobre todo el tema. Que, justamente, es lo que sentimos nosotros, al hacer este ensayo.

Finalmente dice Vince Rause: "Yo no puedo decir que encontré la religión pero me he dado cuenta de que los misterios más grandes son para saborearse no para resolver". El misterio nos rodea sólo tenemos que ser humildes de corazón y prestar atención". Y cita a Thomas Merton (monje trapense) cuando dijo: "Por eso mi silencio es mi salvación". "Y ese es mi nuevo plan maestro" -dice Rause, "olvidarme de estar informado, ser interesante o ser racional, sólo quiero callar y escuchar un poco".

Propongo que, laicos y sacros se unan en una verdadera campaña mundial de alfabetización de los valores del ser humano. En cuanto seamos mejores seres humanos podremos construir mejores sociedades alrededor del mundo. Válido para cada cultura respetando sus diferencias, puntos de vista en sus cánones sociales.

Es cierto que el flagelo de la ambición, de la inmediatez, del consumo de drogas, de los vicios de personalidad; en fin: del tener sobreponiéndose al SER-EGO harán mella en este intento-llamado de convocar a nuevos discursos que no se queden en el papel sino que pasen a la acción. O como propone el monje y el mismo Rause, escuchar más y hablar menos. Educar con el ejemplo.

## 7

**Del otro lado del espejo**

*Entre la culpa y el pecado.*

Cuando piensas que tu mundo se derrumba, que has metido la pata en el charco; o que te fuiste de bruces contra la sociedad; contra tus principios, contra tu familia, tus amigos... ¿y sabes? Estás consciente de que la regaste. Algo grande has hecho que el monumento erigido hacia tu persona se desmorona; y de bronce que te habías construido -sucede que no eras más que de barro mojado-, vulnerable hasta los huesos: influenciable, maleable, en fin... un día comprendes que no eras más que un humano, como dijo alguna vez Nietzsche en su ensayo ¨De humanos, humanamente humano.¨

O cuando creces creyéndote torcido, porque te lo repitieron tus padres o porque escondes en tu yo interno una verdad enclaustrada en mil tugurios dentro de tu corazón. Y explotas contra el mundo y dices tu verdad y sales de tus propias cadenas y caes en otras: el escrutinio público. La mirada incisiva y minuciosa; la mirada perversa. A veces me pregunté: -¿Quiénes son los buenos?

Cuando se cae el telón de lo perfecto, lo formal, lo esperado, lo ex profeso, lo conductual aceptado, y nos descarriamos; algunos por mero libertinaje o deseos de probar cosas nuevas. Otros por ir contracorrientes y hacerse irresistibles: por ser o hacer lo diferente; por ejercer como libres su destino sin temor a esas equivocaciones que surgen de la toma de decisiones; por molestar o llamar la atención como niños haciendo berrinches para ser notados. O por motivos extra-sensoriales, paranormales o vaya usted a saber: -que una voz te susurre en el oído que lo hagas, y guardando las diferencias pero como siendo tentado cual Jesús al borde de aquel precipicio-, y te dejas seducir. Y pasa con todos los pecados capitales. Con la vanidad, con la avaricia, con la envidia… no es sino una voz insistente que te dice que te lo mereces, que puedes tenerlo, que puedes hacerlo, que si el otro –sí- porque tú –no-…etc. Y como somos ingenuos caemos en esa trampa que nos deja atrapados, encarcelados, atados de pies y manos a la culpabilidad, al sentimiento de pusilanimidad en que nos sumergimos como en las profundidades de las cloacas malolientes.

¿Y qué sentimos? Que el mundo, literalmente, se nos vino encima. Y el peso nos corta la respiración, nos ahogamos, generalmente sufrimos de asma o de la piel. Nos auto-recetamos porque el médico no encuentra nada. Nos sentimos flotar en una burbuja incolora, sin sonidos, sin ruidos, como atrapados en un mundo que nadie ve, nadie escucha, nadie se imagina, y nos sentimos más solos que nunca, más solos que siempre. Es cuando nos descubren en defecto; o, cuando cansados de vivir una vida vacía, llena de caretas de doble moral nos bañamos en las aguas solitarias de la libertad. Nos cierran todas las puertas. Las miradas acusadoras nos acechan y nos siguen, nos fustigan, nos señalan, nos culpan. Es que no les basta con delatar, con enfrentar, con olvidar los momentos buenos, y las fiestas y los dulces que se comieron en la casa. O los bailes y los paseos, y las lágrimas que se pueden conjugar en un mismo tiempo en una misma eternidad. Y generalmente se cae cuando se está alto. Cuando se goza de toda la popularidad y los conocimientos para ascender en la vida, en su carrera y las expectativas son brillantes. Los seres así, de igual manera, son envidiados por todo. Por lo que tiene, por lo que le falta, por lo que come o no come. Nadie se arrima a un árbol estéril a tirarle piedras a las hojas... No. Se tira piedra a las frutas. A la cosecha, a lo importante.

Se dejo seducir por la voz negativa, la negra, la que te mete en problemas, la que luego te culpa, de hace colgarte de una soga o tomarte la cicuta para acabar con tu porquería de vida.

Y su mundo se redujo a un escándalo en soledad. Se sentía vigilado todo el tiempo. Si iba al cine buscaba caras conocidas que le voltearan el rostro para no saludarlo. Quien lo iba a creer, con todo lo popular que fue. Así le paso a otra persona pero mujer... en el hombre ese estado depresivo no se nota tanto pues el hombre no se cuida tanto pero en la mujer, lo primero que sucede es que se deja de arreglar, de acicalar, se corta el pelo si tenia melena abundante y atractiva, que es un foco de atención... se dejan engordar como para no provocar admiración masculina ni femenina. Sienten que no se lo merecen- Se auto-flagelan el cuerpo, muchas veces para desde esa óptica de lo repulsivo, de lo estándar, vivir una vida anónima y pulgar sus culpas. Se quieren enterrar vivos, desaparecer. No ser nombrados, no caminar por las mismas calles que antes disfrutaban... se vuelven ratones fisgones como roedores de sus pecados... se sienten los peores, los imperdonables, los perversos. A veces se unen a religiones que de todas formas, les promueven andar cubiertos de rodillas a garganta y en una actitud de que –Dios perdona a los pecadores- pareciera recordársele todos los días los pecados cometidos. Y con suerte logran salir de ese estado contingente que los coloca justo al centro de la diana de la culpa y el pecado. Culpa y pecado, sentimientos religiosos que hacen más bien que mal, estereotipando la raza entre los buenos y los malos. Lo socialmente aceptable y lo políticamente correcto. En todo malo hay valores buenos y en todo bueno hay elementos malos. Es tan fácil ponerse en el lugar del otro para comprender…todos tienen una coartada. Nadie humano es perfecto. Y nada humano me es ajeno…como humana he transitado diversos caminos.. Lo socialmente aceptable y lo políticamente correcto. Preceptos que acaban con la vida de cualquier hombre y mujer si es manipulado desde la vara negra, sacra, desde un poder rabiosamente humano, casi animal, para nada divino. Conozco tantos casos de bellezas mutiladas, donde estuve vagando recientemente sin quedarme, del otro lado del espejo.

## 8

**La metamorfosis de Kafka**

o profecía del sentimiento del hombre moderno.

Nacemos. Crecemos. Nos ponemos viejos, estrujados por los años, y es, justamente, esa mutación: esa transformación, y todas las crisis vividas, las metamorfosis que nos ayudan a crecer. Y esas no son más que –oportunidades- aunque sólo lo vemos cuando la hemos superado; son los fenómenos que encierran vida y muerte: La Vida del planeta, la vida del hombre, la vida del espacio y sus respectivos cambios. Y es curioso pues -metamorfosis- está conformada por dos palabras claves: Meta, fin, propósito, límite, horizonte, tope…de algo que cambia, -morfosis-, forma que cambia, básicamente.

Y como dijera el gran cineasta Ingmar Bergman **"La hora del lobo es el momento entre la noche y la aurora cuando la mayoría de la gente muere, cuando el sueño es más profundo, cuando las pesadillas son más reales, cuando los insomnes se ven acosados...por sus mayores temores, cuando los fantasmas y los demonios son más poderosos".**

Es la hora del cambio que nos puede llegar en plena luz solar; y solemos sentir la misma angustia expresada por el director. Justamente, escuchamos la frase popular de que –después de la tormenta llega la calma-. Y un sinnúmero de anécdotas sobre el cambio, sobre las metamorfosis, bien sea de la naturaleza, bien sea del hombre mismo. Y del hombre es el tema que me ocupa... trayendo a colación en primer lugar, en este número de la revista dedicado merecidamente a las metamorfosis, uno de los libros más importante en cuanto a la innovación de nuevas formas de hacer literatura, desde lo absurdo pero con una metáfora insustituible de la humanidad del siglo veinte pasado; la inevitable realidad de que en los albores de la era moderna ya el hombre se sentía vulnerable a pesar de los inventos, y a pesar de creerse el centro del universo. Franz Kafka se convierte en un profeta con este libro, **La Metamorfosis**, que Debate Editorial incluye entre los siete libros más importantes del siglo XX junto al Manifiesto comunista de Marx y Engels; El Origen de las Especies de Darwin; El anticristo de Friedrick Nietzsche; Sobre la teoría de la relatividad de Einstein; y La vindicación de los derechos de la mujer, de Mary Wollstonecraft.

La metamorfosis, como novela contemporánea trata los problemas de la existencia humana, el "in- der- welt- sein" según Heidegger, es decir, que estas novelas trabajan con elementos sustanciales del ser humano: el lenguaje, el tiempo, el conocimiento y la ética, y que por ello contienen razones ontológicas. No obstante no fue sino Kafka que abrió el telón a una irrealidad real, a lo absurdo pero intentando retratar al hombre común, nuevamente, en su caos de las existencias del súper héroe, soldado, guerrero; que se siente rendido, caído, leso, transmutado. Lleno de infravalores, en constante comparación con el otro; un inválido mental, sin dios, (aquel desterrado en los albores del modernismo) del ser humano ¨El hombre moderno es un hombre hecho de contradicciones. Dice Marshall Bergman;...¨y se hacen perceptibles a partir de lo subjetivo, como bien dice Fajardo. Por tanto y redondeando este miniensayo es que la experiencia ontológica que se presenta en "la metamorfosis" es la critica al la modernidad que con base en el racionalismo instrumental ha olvidado al ser humano y solo ha conseguido alienarlo y homogenizarlo a través de los sistemas de producción. El hombre se siente frustrado y enajenado y siente que el mundo que le toca vivir es un mundo absurdo por que no fue creado por él ni para él.

El llamado es a recuperar la esencia del ser, en donde el hombre tenga ilusiones, proyectos de vida e individualidad. De modo que es una crítica al capitalismo; pero a los sistemas filosóficos, sociales y políticos, que lo enajenaron de un proyecto espiritual, de un DIOS muerto, que lo situaron como centro del universo; que elevaron sus egos, mismos que ahora lo envanecen y hasta lo enloquecen.

La metamorfosis es una profecía anunciada de Kafka, del modernismo y del postmodernismo que hoy vivimos, sin lugar a dudas. Debemos creer en los cambios y en las metamorfosis que nos hagan mejores seres human

## 9

## En la cárcel de tu mundo interior

"Si ignoramos nuestra función inferior terminaremos frustrados y aburridos de todo; si simplemente la eludimos funcionaremos en un nivel primitivo e ineficaz." ***Carl Jung***

Y me rindo ante la necesidad de acallar esas voces internas que nos hablan en el sigilo monólogo de una cama a oscuras; o la lucidez de un mutis grupal cuando las miradas se ven sin mirarse y las sonrisas son solo de dientes para afuera; y adentro…ellas, las que quieren salir, atosigadas en la garganta, enfiladas hacia los dedos… ahora salen apresando la concepción de la libertad…

# Perlas escondidas

A propósito de mi novena mudanza, -sí, como novenario de entierro, como noveno el número divino del aprendizaje a los cambios- (en pugna con la pereza, si se habla de los eneagramas o tipos sagrados que propone la sicóloga Helen Palmer ), estuvo rondando la idea en mi mente como esos voladores que se nos instalan zumbando cercano a nuestros oídos en noches tercermundistas y calientes, sin luz, sin ventilador...y sin repelentes... eso de las comparaciones de nuestros aprendizajes, nuestro crecimiento como seres humanos con la planta baja o alta y nuestros cambios internos. Digamos hacer un viaje a nuestros tipos sicológicos o personalidades y ver como trabajamos la ira, la vanidad, la pereza, la lujuria, el miedo, la gula, la envidia, la avaricia y la soberbia.

Pienso que habrá personas que no sabrán a lo que me voy a referir porque nunca caminaron por una cuerda floja ni como acróbata invitado...pero no por eso dejaron de eludir situaciones difíciles. Transitar esas situaciones nos hace tener la piel de cocodrilo y el alma de Teresa de Calcuta, por poner un ejemplo. Incluso los que hoy pueden ser grandes empresarios y o gente de poder, fama, etc. alguna vez vivieron abajo... de modo que, en su generalidad el hombre y la mujer, el ser humano puede estar arriba como puede estar abajo...cuando no en un intermedio austero que limita o la necesidad o la abundancia. Subrayo que no se trata de dinero aunque este siempre anda bailando en todos los tópicos de la vida.

He escrito en alguna ocasión que la mayoría de las necesidades son creadas, ficticias, inventadas por la modernidad y las promociones mediáticas que nos obligan, grilletes en manos, en cierta forma, a razonar acorde a la moda, a lo tecnológico, al boom del momento. No entiendo la locura por los móviles inteligentes, smart phones, los bb, la tableta, etc. Etc. El no tenerlos hace infelices a miles de millones de personas. Tenerlos sin poder solventar los gastos abulta el presupuesto del hogar. Y no se crean que porque escriba de estas cosas es que no las he tenido… nada más incierto. Como buena viajante, seudo-newyorquina, llegué a tener todos los modelos modernos que salían cada año por no decir cada seis meses… Estando sedentaria en mi país, luego de mi divorcio, puedo ver las necesidades reales de mi gente… atados a un uso equivocado de los recursos que nos ofrece la modernidad…porque supuestamente, proporciona status. Por Dios, yo no puedo tener una jeepeta (camioneta suv) si no logro tenerle el tanque lleno de gasolina, por ejemplo. No puedo inscribir a mis niños en colegios bilingües, obscenamente caros, porque no solventaría las necesidades primarias, y no honraría los pagos mensuales haciendo que viva infeliz… es mejor adecuarse a la realidad.

Se debe soñar; pero nunca empeñar los sueños ni amarrarlos a lo material.

En el momento en que un objeto, un carro, una casa, la ropa, una persona me convierte en esclavo de su uso, pierdo la libertad que es la esencia del ser humano. Cuando pierdo la libertad en manos de otro ser humano es cuando me hago dependiente de ese ser... cuando no puedo ser feliz sin él...o sin ese coche o ese vestido o esa casa...

**"La única ley verdadera es aquella que conduce a la libertad"** dijo *Richard Bach* en su best seller **Juan Salvador Gaviota.*** pp. 56

Y con esta frase como punta de lanza lo prometido que es la comparación de los pisos con nuestros niveles trascendentales... Cuando estamos en el baseman o sótano caemos en la más sórdida e infrahumana categoría de lo descendente. El infierno si existiese estaría muy cercano a un sótano o por debajo de este. Algo debe andar muy mal y debemos de auto-analizarnos porque, siguiendo con Juan Salvador, solo nosotros mismos tenemos en nuestro interior todas las respuestas. Lo que necesitas es seguir encontrándote a ti mismo un poco más cada día. **"¡Hay tanto que aprender!"**, (pp. 8) vuelvo y cito a Bach...y si somos honestos con nuestra propia valoración sabremos emprender el paso al piso uno... Somos responsables de construir nuestro *self*... nuestra mismidad.: no ser comunes y corrientes en busca de vivir cada día sin mayores interrogantes, ... cuando empezamos a buscarnos por dentro... a notar los huecos de nuestra existencia los llenamos de sabiduría diaria, divina, o de sabiduría libre de ataduras, nomenclaturas, cárceles o interdependencias, por no decir cordones umbilicales que fabricamos cuando somos hijos, madres, esposos, novios... dañando la convivencia diaria, los estados de ánimos, por ende, la felicidad natural que se debe trabajar a lo interno, y luego a lo externo. Pasamos de golpe y porrazo al piso dos. ¡Ah! Por Dios, todos tenemos trabas y obstáculos que debemos sortear en nuestra búsqueda.

En el piso dos, todavía nos preocupan los albures clásicos del día a día, la comida, la ropa los carros... el dinero... somos presos con ciertos derechos a la felicidad y al vivir con estilo y si se quiere clase... pero ojo... seguimos siendo presos. Y qué busca el ser humano... la libertad. De modo que seguimos buscando, hurgando, leyendo, razonando a veces con la razón otras veces con el corazón... nos cansamos de buscar dentro de religiones y vimos que la Biblia era una gran aliada, no obstante las religiones eran como cárceles que muchas veces nos impiden el crecimiento interior. Nos declaramos atípicos, cristianos pero no religiosos, creyentes de que en este mundo han existido y existirán grandes hombres que dejaran huellas indelebles, paradigmas a seguir por las futuras generaciones. Creemos en un ser superior que nos invita a creer que somos hechos a imagen y semejanza de el... y nos da la pauta a seguir para perfeccionar esa imagen. Que no es dar a los menesterosos para que una cámara o una nota de prensa me tome... que no es tener compasión en la calle y en la casa ser un amargado-a que maltrata a su propia sangre... que no es parecer bueno si no que es ser justo, solidario, compasivo, generoso, ser humano...muy humano casi divino... y he llegado al piso tres... y los que vivan en este tienen resuelto que no necesitan mucho para vivir y ser felices. A contrarrestar entonces nuestras bajas pasiones por altas virtudes...a la pereza con acción; a la avaricia por des-apego, la ira por serenidad, la gula por sobriedad, el miedo por arrojo o coraje...la soberbia con humildad...etc.

Ahora, justo ahora, cuando estuvimos siendo degradados, remontamos a un piso que nos permite tocar la luna con la mirada dilatada...disfrutar de este maravilloso momento donde puedo tener el espectáculo de un cielo despejado, tras el cristal de este mi nuevo hogar en un piso superior... de un estado en el cual no necesito nada sino algo para cubrir mi desnudez; calmar el hambre circunstancial y falaz y algo de dinero para imprimir lo que escribo. Se los juro, soy libre. Y recuerden algo muy importante... el universo es vuestro y es mío también...no es de nadie en particular y es de todos. Termino con una frase del libro que leyera por primera vez en mi adolescencia y ahora uso como bibliografía trascendental para todo el que quiera reinventarse cada día...y cito: "**...tenemos que rechazar todo lo que nos limita**" pp. 49

## 10

### ¡Música maestro!

Me acosté abrazada a mi almohada, para extirpar el frío que se pega cual hiedra en la piel de esos días de enero. Y lo hice bajo las notas magistrales del ***Himno a la alegría o Novena Sinfonía de Beethoven.*** Me dormí extasiada reviviendo los momentos que esas notas dibujaron en tus labios cuando me amaste. Al despertar, los rayos grises y tímidos del sol competían ferozmente con el agua-nieve de ese amanecer en New York... invadían torpemente la estancia; cualquiera diría que, con gafas oscuras puestas... y pensé en la música y su evolución o ¿involución?

¡Cómo no amar a los grandes maestros clásicos como *Beethoven, Hendel, Bach, Chopin, Verdi, Mozart, Albin*oni! Y toda la época gloriosa que ellos representaron. Donde la plástica y las artes en general tuvieron un brillo extraordinario. En mi tiempo, ¿será que me estoy poniendo vieja?, nos enloquecía la música disco: "***La fiebre del sábado por la noche***" con los bailes de ***John Travolta*** que puso a muchos a tomar clases de música disco. Al igual que nos enamoramos y bailamos con "***More that a woman***" de los Bee-gees; y muchos otros temas más. Idolatramos a la vez, a las figuras que revolucionaron los sesenta como **John Lennon,** The Rolling Stone y The Beatles, generación que nos heredó esa rebeldía innata. Todos tarareamos "***Imagine***" de ***Lennon***; Por no decir ***"Yesterday"*** y todas sus producciones.

Al mismo tiempo nos volvimos locos con la generación del **Motown**, el jazz, el soul, los negros espirituales, el góspel. ***Diana Ross*** con su "**last dance**"; "I will survive" de ***Gloria Gaynor***, y finalmente **Michael Jackson** quien le diera el mayor brillo a ese estilo. Luego esa fórmula sería "copiada" o adoptada, si se quiere, por las generaciones siguientes; y, por eso es tan repetitivo todo el movimiento, sin dejar de ser bueno. En la actualidad toda la generación de cantantes norteamericanos le debe algo al movimiento motown, que puso en la palestra a un Michael Jackson, que aún muerto, permanece vivo. Todos tienen un aire jacksoniano: Mariah Carey, Christina Aguilera, Justin Timberlake, Backstreet Boys, Boys 11 Men, y cuanto solista o grupo cante como The Jackson Five y baile como el fenecido astro, se pega en los medios.

Incursionando en nuestra lengua pienso que hay miles de canciones populares donde se cultiva una poética exquisita en sus composiciones. Cómo no cerrar los ojos ante un tema del inolvidable **Rafael de España** cuando entona "**Cierro mis ojos**, para que beses mis manos y mi frente..." lo que me remonta al despertar de niña-mujer bailando en brazos de mi primer noviecillo...y sentirme embriagada de ese amor puro que sólo se siente cuando la ingenuidad es un fruto inviolable. Y las musas se vestían de coqueteos y tacones altos que nos hacían más femeninas y apetecibles, no por la ropa, más bien por la actitud soñadora. ¡Cómo no soñar con un tema de **Víctor Víctor** cuando dice!: **"...vamos a hacer el camino por donde andan los amantes";** y cuando nuestro compatriota mucho más tarde, **Juan Luís Guerra** dice: ..."**cuando te beso un premio Nóbel le regalo a tu boca.**" Vaya que la música tiene grandes poetas.

Definitivamente, la alborada despuntó con un sonido de lluvia en la escala musical y un olor a tierra que se nos instala en la piel. Y pienso que **"La vida es sueño"** como dijo Calderón de la Barca y la música, justamente, nos hace vivir los sueños.

Arrastrando la sábana, exquisitamente sedosa, envuelvo mi cuerpo en ella, me incorporo para asearme, no sin antes poner varios temas en el ordenador. Con un "play all" me voy a la ducha que me espera impaciente. El virtuoso ***Kenny G.*** interpreta "***Moonlight***" y yo disfruto de mi baño caliente." Y presiento que para hacer poesía no se necesita palabras... definitivamente la música, por sí sola, es poesía.

Termino de vestirme y analizo que soy tan afortunada de no cumplir horarios en una oficina. Transitar en las horas pico en Manhattan es como un desfile de momias; todos vestidos de negro, y atropellándose para subir al tren. Y escucho a ***Gladys Knight***, con "***Midnight Train to Georgia***". Hermoso y lleno de recuerdos.

Salgo... tomo el tren seis que me llevará de norte a sur...a Chinatown. Ahora tengo que darme un baño de miradas y de historias pintadas en los rostros de los pasajeros...intento hilvanarlas y tomo anotaciones para convertirlas luego en las historias que me evocan. Es que los subterráneos expelen los humos carbónicos de cientos de trabajadores que se movilizan todo el año, tratando; unos de buscar el sustento de sus familias que dejaron en sus respectivos países; y otros, los menos, de engordar sus alcancías en sus negocios. El ruido va por dentro…pegado a la piel y las diferencias también. El que vive en New York tiene siempre un radio portátil (walkman, i-pod, mp3, etc.) y unos audífonos; una novela rosa o el periódico de su país en mano.

Veo a la africana con aquel turbante color tierra tostada en la cabeza en combinación con su túnica larga y ancha e imagino redobles de tambores o flautas de esas que ponen a bailar hasta a una serpiente. Y las brasileras…sus zambas… Los mexicanos escuchan sus rancheras, quebraditas, bandas, pasito duranguense de los diversos pueblos, y el pop en general. Los uruguayos sus candombé del folclor; y el rock, obviamente, que les gusta a la mayoría, igual que a los argentinos. El tango es su música emblemática. Los dominicanos, nuestras bachatas y merengues tradicionales o típicos; aunque en el folclor popular existen varias tendencias muy ricas en el orden de lo afroantillano, muy ligado a las creencias sincréticas, como los palos y otras. Los boricuas disfrutan y nos ponen a bailar sus sabrosas salsas; los cubanos su extraordinario son; los colombianos sus vallenatos preciosos.

Los imagino a todos abasteciéndose de la música de sus países. Porque New York es una máquina de manirrotos irredentos... los anuncios no sólo impactan a simple vista en todo el maravilloso "Time Square" sino que los "buses" "los subways", la televisión, el vecino, la mejor amiga y hasta el conjugue, te instan a comprar, como por una necesidad superior de adquirir el último especial de cualquier cadena de tienda. Es una bulimia del consumo... (Amontonamos cosas que luego vomitamos en el excusado). Confluyen en el tren, dueños y empleados con una simplicidad que espanta. Se puede apreciar en el transporte público la cara fresca y nutrida de los que tienen más y la amargura dibujada en las líneas faciales de los mojados o los que tuvieron que vivir cientos de historias hostiles para llegar por la frontera. O, simplemente, la tristeza de los que tienen a sus descendientes en otras tierras. Luego de fijar mi mirada en el ser humano que transita, como yo, sostenida del mango superior del pasillo del tren, de contar historias trasparentadas en la superficie…(que no siempre es confiable) porque sabido es que "de cualquier yagua vieja sale tremendo alacrán" y puede pasar que un "magnate" se desplace como un mendigo cualquiera.

Me siento. Abro el periódico que compré antes de abordar el tren; me coloco los audífonos como todos, con un tema de Luis Miguel, "Sueña". Y me doy cuenta con la canción que se ha dejado de soñar… que estamos muy pendientes de la bolsa, de las guerras. Que después de las tragedias no ha llegado la calma. Que a pesar de todo seguimos bailando belli-dance y amando la cultura del oriente. Cualquiera cree en el feng shui, en el poder de las energías y los chakras. Tenemos a un gran gordo acariciándose la barriga, llamado Buda, "por que nos trae prosperidad". Esto para reconocer que debemos soñar en un mañana mejor. Y la música es el cordón umbilical que nos une en la consecución de esos sueños. Por tanto, que no pare de sonar, para bailar, cantar y soñar diciendo:... música, maestro.

## 11

## Frida Kahlo surrealista espejo del dolor

*"Pies... ¿Para que los quiero si tengo alas para volar?" **Frida.***

¡¿Cómo no admirar a esta pequeña-gran mujer que la historia vio nacer y crecer en México para el mundo?! La cita que da inicio a este breve artículo sobre su vida es la respuesta a su médico cuando le anuncia que gracias a la gangrena, sus pies serán irremisiblemente cortados. ¡Qué fuerza de espíritu! Qué grande fuiste mujer de pantalones en falda ancha y de pelo recogido cual usanza de la época, donde los afeites modernos no hicieron falta para mostrar a una mujer sensual, hermosa, inteligente y de armas tomar, a pesar de todos sus males.

Y se hace una la pregunta... ¿Quién se puede quejar después de un ejemplo de vida vivida con tanto ímpetu? Frida fue surrealista hasta con su dolor.

En 1924 **André Breton** líder del movimiento surrealista define el término surrealismo como "el dictado de pensamiento carente de todo control ejercido por la razón y fuera de toda preocupación estética o moral". Justamente Frida conoce más tarde a Breton que declara que su obra es surrealista; y yo agrego, hasta su vida. La obra de Frida pese a los críticos academicistas y de salones cerrados fue, es y será surrealista en todo su esplendor.

**Diego Rivera** dijo sobre su obra: *"La obra de Frida es ácida y tierna, dura como el acero y fina* *como las alas de las mariposas. Adorable como una sonrisa; cruel como la amargura de la vida. Nunca antes una mujer ha puesto tan angustiosa poesía en su lienzo vida."*

Sufría problemas de salud muchos de los cuales provenían de un accidente de tráfico en sus años de adolescencia. Antes, Kahlo contrajo polio a los seis años, que dejó su pierna derecha más delgada que la izquierda, encubierta bajo los colores de sus faldas largas. Se ha conjeturado que también sufría de espina bífida una enfermedad congénita que podría haber afectado tanto a la columna vertebral como la pierna

Otra de sus grandes citas así como última frase que escribiera en su diario, días antes de morir: *"Espero alegre la salida - y espero no volver jamás* ". Lo que me cuenta sobre una deuda saldada en karmas que no quiere volver a vivir. La vivió al máximo pero una vez es suficiente. Y es necesario agregar que los grandes pensadores y actores de luz de nuestra historia dan la certeza de que más allá de la vida hay vida... ¿qué existe un cielo? ¿Qué reencarnamos en otras vidas con otros karmas? ¿Qué nos lijamos en la tierra para ser mejores seres humanos cuasi divinos? Cada lector tendrá sus respuestas.

Estos temas se reflejan en sus obras, más de la mitad de los cuales son autorretratos de un tipo u otro. Kahlo sugirió: *"Me pinto porque estoy sola tan a menudo y porque soy el tema que mejor conozco*". Kahlo es recordada por su "dolor y pasión", y sus colores intensos y vibrantes. Por las feministas por su representación sin concesiones de la experiencia femenina y la forma. La cultura mexicana y la tradición cultural amerindia tienen un lugar destacado en su trabajo, que a veces ha sido caracterizado como arte naif o arte popular.

Entre Kahlo y Rivera creció una turbulenta relación. Bañada de escándalos y promiscuidad. El tenía numerosas relaciones extramatrimoniales abiertamente. Ella, bisexual. Kahlo tuvo romances con hombres y mujeres, incluyendo **Josephine Baker**. El más notable con el intelectual y revolucionario **León Trotsky** cuando fue huésped de la pareja en Coyoacan por el año 1937.

Rivera conocía y toleraba sus relaciones con las mujeres, pero sus relaciones con los hombres le hicieron celoso. Por su parte, Kahlo se puso furiosa cuando se enteró de que Rivera tuvo un romance con su hermana menor, Cristina. Tras una invitación de André Bretón, se fue a Francia en 1939 y fue presentada en una exposición de sus pinturas en París. El Museo del Louvre compró uno de sus cuadros, **El Marco**, que fue exhibido en la exposición. . La pareja se divorció en noviembre de 1939, pero se volvió a casar en diciembre de 1940. Su segundo matrimonio fue tan turbulento como el primero.

Sus viviendas eran a menudo por separado, aunque a veces adyacentes. La causa oficial de muerte fue dada como una embolia pulmonar, aunque algunos sospechan que murió de una sobredosis, después de ser amputada su pierna y de una bronconeumonía que la dejó muy débil… Agotada de dolores insoportables se deja noquear por la vida y cae al décimo round. Cede al dolor su espacio; y muere. Diego Rivera escribió que el día que murió fue el día más trágico de su vida, y añadió que, demasiado tarde, se había dado cuenta que la parte más maravillosa de su vida había sido su amor por ella.

El movimiento neo-mexicanismo en la década de los ochenta rescata y reconoce los valores de la cultura mexicana y por tanto, toda su obra pasa a ser reconocida como la extraordinaria artista que es; no sólo como la esposa del gran muralista Diego Rivera que, hasta ese momento, se le endilgaba popularmente.

Desde mi bitácora quiero rendir homenaje a las mujeres del mundo por medio de la mexicana **Frida Kahlo** y que nuestras trincheras se abran a una mayor solidaridad de género y clase…

## 12

## "Bajo el laberinto sentimental"

de José Antonio Marina

Tuve el placer de tener este libro entre mis manos cuando esta década hacía su debut en un invierno gris y preñado de nieve en la ciudad de New York; un amigo a sabiendas de mi debilidad por el tema y la lectura me lo prestó. Es de esos libros que una no puede dejar para ir a hacer otras cosas. Si comía, viajaba en tren o, incluso, alguien me ponía conversación mantenía el libro entre mis manos. Fiel a sus enunciados y a cada evocación que del tema hacían otros autores por él mencionados. A la semana se lo devolví y de inmediato me di a la tarea de comprarlo para tenerlo como referencia. Y eso ha sido todos estos años. Los invito a un recorrido expeditivo a su laberinto con la certeza que harán como yo...correr a comprarlo.

**José Antonio Marina** comienza de una forma magistral con la frase de **Virginia Wolf: "A la gente le gusta sentir; sea lo que sea"**. Y no hay nada más cierto. "Aunque le demos la razón y luego nos escandalizamos por hacerlo" -dice Marina. Y es que los sentimientos van desde los más bajos hasta los más excelsos. Desde la perversión hasta la pena, el miedo, las ganas, son sentimientos con los que tenemos que aprender a vivir. Y un poema que trata esta interrelación de los sentimientos encontrados es el de **Antonio Machado** cuando dice en su copla:

**Ni contigo ni sin ti,**
**tienen mis penas remedio.**
**Contigo porque me matas,**
**y sin ti porque me muero.**

**Marina** refuta los señalamientos de **Sigmund Freud** cuando afirma que: "todo lo que hace el ser humano, lo hace para aliviar la tensión". **Marina** dice que: "en el fondo, el ser humano quiere estar simultáneamente satisfecho e insatisfecho, en calma y en tensión…que somos incapaces de soportar la privación de estímulos por mucho tiempo". Cita a **Safo** que dice claramente que los "sentimientos son confusos y de la confabulación de los opuestos es que el amor consiste". Pero además tendríamos que citar a todos los poetas cuando dicen que el amor es -dulce y amargo-, en eterna contradicció; como cuando **Quevedo** dice que el amor es: "hielo abrazador o fuego helado".

**Marina** dice en su libro: "El mundo sentimental es brillante y oscuro, cálido y gélido, tierno y violento, geométrico y embarullado. O sea, que también yo he caído en las descripciones paradójicas. No se puede decir de esta agua no beberé".

Este artículo no ambiciona un estudio profundo más bien datos puntuales sobre esta obra que, para emularla en complejidad, necesitaría varios folios sino un libro.

Para **Marina** es necesario referirse a los sentimientos como afectos y pasa a definirlos:

**Afectos**: conjunto de todas las experiencias que tienen un componente evaluativo.

Ej. Dolor, placer, deseos, sentimientos. El dolor y el placer son experiencias estrictamente físicas; pero con componentes neuronales distintos. El dolor tiene, por su parte, componentes sensoriales, cognitivos y afectivo. "Y es delicado hacer distinciones rigurosas", -dice Marina.

**Deseos:** Conciencia de una necesidad, de una carencia o una atracción. Acompañados siempre de sentimientos que de urgencia.

**Marina** define a los **sentimientos** como: bloque de información integrada que incluye valoraciones en las que el sujeto está implicado. En inglés: Feeling, affect. Los sentimientos pueden clasificarse por su profundidad, duración, intensidad. Dice que **una emoción** es un sentimiento breve y... **La pasión** es un sentimiento intenso, vehemente, fuerte y tiende a influir en el comportamiento. **Covarrubias** lo define como: "perturbación del ánimo"; **Cicerón** como "afecto" y **Luís Vives** la llama: "Alborotos anímicos".

Es importante acotar que los sentimientos como el lenguaje y la cultura son fenómenos sociales, con puntos en común y en desacuerdo. **José Antonio Marina** en su libro hace un viaje "semántico-turístico" como dice él por comunidades distantes y distintas desde Japón y su "amae" pasando por las "distancias cortas" por su necesidad de calor de los esquimales y el "liget" o vitalidad y energía de los filipinos, hasta el "aloha" que significa amor-afecto de Hawai. Y en Tahití es una cortesía y saludo. ¡Vaya diferencia! Digo yo.

Concluyendo: Hay diversidad sentimental pero no caótica. Ocurre como en la lingüística. Hay muchos sentimientos como hay muchas lenguas. Hay estructuras sentimentales universales básicas que cada cultura modifica, relaciona y llena de contenidos diferentes según sus necesidades. Cada sociedad, dice **Marina**: "define una personalidad sentimental que les sirve para diferencias entre sentimientos normales o anormales, adecuados o inadecuados, etc.". Dejamos de lado el tema de la personalidad vs carácter, los tipos de sicología (evolutiva, psico-física, conductivista) para determinar tipos de sentimientos... El fuego cruzado entre el análisis freudiano y el conductual. La teoría de **Piaget** que refuta **José Antonio Marina**, los celos, la envidia, etc.

Obviamente hay mucha tela que cortar con este fascinante tema pero yo sólo quiero invitar a que lo lean y lo escudriñen y sigan la obra de este excelente escritor español. Los dejo con el final de este maravilloso autor que dice:
"Un velero con proa a barlovento es un brillante triunfo de la inteligencia sobre el destino. El mar insinúa en la noche que toda singladura es un fracaso y en la mañana es ya un triunfo del espíritu".

Y digo yo, saque usted las conclusiones.

## 13

### Paralelismos y argumentos sobre el amor

El amor una vez roto nos deja mil lágrimas de cristales imposible de restaurar.
Cuando un amor muere no resucita al tercer día ni es levantado como a Lázaro...muerta su esencia se convierte en desamor. Ya no es más amor, el amor.

El desamor es seco, frío, distante, extraño; sin embargo el amor es alquímico, dulce, amigable, húmedo, cercano, circular como la rueda de la vida; como el mundo... o más bien todas las cualidades y defectos son irradiadas por el amante.

Termina uno y comienza otro más temprano que tarde. Lo bueno es que vuelve a nacer con vestidos y rostros nuevos. Historias que convergen para resarcir heridas.

Es como la mirada que permanece alerta, expectante... y cuando termina, se cierra.

Es un ciclo, que no compromiso, donde la voluntad se encarcela en barrotes de ternura.

El amor comienza y termina con una mirada. Lo malo es que comienza con serios problemas de visión y termina usando lentes de máxima graduación y lo que fue perfecto en sus inicios nos parece desastroso e irreconocible.

El amor nos hace vivir en una burbuja al viento danzando en quimeras ardientes de pasión irracional...

Cuando el desamor nos instala en la realidad y todo recobra las medidas verdaderas nos sentimos estafados por ese sentimiento que robó nuestro aire genial. El amor nos hace ricos y nos empobrece cuando sobre mentiras se cimentó... Cuando la infidelidad es permitida destruye la confianza y mata lentamente la esencia del amor hasta borrar todo su rastro.

## 14

La estética en **Basilio Belliard** y sus nuevas obras: **Piel del aire** y **Oficio de arena.**

**"La piel es lo más profundo que hay en el hombre."** Paul Valery

Y me dejo seducir por la intensidad del órgano más grande que tiene cualquier cuerpo humano o de la naturaleza: la piel. Y nos llegan a la mente varios títulos alegóricos tales como ***"La piel del tambor"*** novela de Arturo Pérez-Reverte; pero además ***"La piel del cielo"*** de Elena Poniatowska. ***"La sílaba en la piel"*** de José María Lima. Y ***"Piel de Otoño"***, una telenovela con mucho drama y una historia diferente que merece la pena nombrarla. Y como si no fuera suficiente, quien suscribe pretende sacar su nuevo poemario bajo el nombre… Piel de abril, y por supuesto, la piel que nos ocupa, ***Piel del aire,*** de nuestro amigo y mejor ser humano **Basilio Belliard**.

Ya nos deleitábamos transitando las grietas de las rugosidades sensoriales de un bosque apasionado en su libro **"Los pliegues del bosque";** Y nos dejamos seducir por los tambores en **"una balada del ermitaño"**...reconocimos un gran amante de *Octavio Paz*, de *Baudalaire y de Barthes* en sus interesantes ensayos.

Hoy, luego de leer su **Piel del aire**, y sus relatos o mini ficciones fantásticas, recompilados en su reciente libro **"Oficio de arena"** no nos queda duda que estamos ante un poeta consumado, estéticamente formal y sensiblemente escueto. Un poeta-visual hecho del aire, de arena, de esa que se lleva el viento, como nos cuenta, que de niño al aprender a escribir, primero escribía al aire. No hay lugar a dudas, Basilio permanece escribiendo con las letras de lo que el viento se llevó.

"...escribía en el aire, las palabras que me dictaba el insomnio."pp.42 -**Oficio de arena.**

Y es que la piel encierra tanto...es tan sugerente como el aire, el cielo, la arena, el tambor, abril, otoño o la primavera. No son las palabras, al fin y al cabo, las que tienen alas propias. Las alas se las ponen los autores cuando les dan vida. Las palabras sueltas son frías, insípidas, solitarias, hasta que los creadores le donan funciones animadas con los tropos, con las figuras, con las ficciones. Las cazan, las engarzan, las eternizan en versos inolvidables. Y de esto sabe Basilio Belliard cuando dice:

"...Prófugo,
el espacio despuebla
sus aguas de tinieblas. "pp.75, **Piel del aire.**

Y cuando versa sobre la poesía y dice:

"Duro es el taller de las palabras
cuando el ritmo cincela la
lengua.
Dúctil el verso
Cuando pinta de arena
Las sílabas y los días." pp.61-**Piel del aire.**

Y me recuerda tanto a **Octavio Paz** y su teoría del ritmo que el propio Basilio, propone de manera magistral en este ejemplo anterior.

Es que la mirada de Basilio se posa en el exterior sin abandonar sus poros erectos de emoción. Tiene una mirada plástica, objetiva adornada con la gracia de la inspiración y los fundamentos académicos lo que le dan a su obra un estilo y una voz propia, a pesar de las fuertes referencias que se arrastran como olas indomables al momento que sucede la seducción de la palabra y el olvido de la memoria.

**Basilio** es un arquitecto de su poética epitelial en este caso, de la piel del aire; pero lo es de sus ficciones fantásticas. De sus sueños y sus pesadillas. El autor nos dice en cada verso que ama la naturaleza; dibuja y desdibuja el paisaje; le da color y significado. Crea el verso y lo eterniza. Cuando ve no sólo lo hace con la mirada sino con su piel y se la regala a su obra. Me encanta la concepción crítica del destacado crítico, escritor dominicano ***Armando Almánzar (Premio Nacional de literatura 2011)*** sobre la obra poética de Basilio Belliard porque creo define su estilo, su estética y su voz propia, misma que vemos tanto en PIEL DEL AIRE como en las mini ficciones OFICIO DE ARENA y es que la literatura de Belliard, para mí es como él afirma y cito:

"...la contemplación serena de la emoción decantada por la voluntad estética de la forma." -**Epílogo** de Balada del ermitaño, de Basilio Belliard.-

En fin, desnudo, puntual, breve, incitante y templado es el estilo de Basilio Belliard...

dándonos una prosa acabada y unos versos inmortales.

## 15

Kate del Castillo, **La reina del sur,** la serie versus el libro **de Pérez Reverte.**

Me mueve mucho en este mi ejercicio literario, en el ámbito de lo informativo, matizar, hacer brillar, destacar y poner en perspectiva los trabajos de arte que en mi opinión -generalmente concuerda con la mayoría especializada- o sea, con los críticos más peliagudos. Y me referiré en esta ocasión a la serie televisada tomada del fantástico y real libro del maravilloso escritor Arturo Pérez Reverte, el best seller, **LA REINA DEL SUR.** ¡Y vaya que tiene muchas aristas que cortar y hacer de este un artículo con promesas de tener segunda parte! Exclusivamente me referiré a la maravillosa puesta en escena donde desde el guión hasta su protagonista, la inigualable actriz mexicana, Kate del Castillo, que demuestra una vez más que –hija de tigre nace pintita- es hija del consagrado actor Erick del Castillo. Y con un elenco encabezado con el acreditado y consagrado actor, mexicano también, Humberto Zurita. La cadena TELEMUNDO, cadena de grandes eventos y que tiene como filosofía proponer al talento latino en los grandes escenarios donde puedan destacarse y brillar no escatimó costos ni esfuerzos para que esta fuere una gran producción. El elenco fue prácticamente español y quedamos enamorados de los actores de la madre patria. **Iván Sánchez** (Santiago Fisterra), **Alberto Jiménez** (Oleg "El Ruso"), **Miguel de Miguel** (Teo Aljarafe), **Carmen Navarro** ("La Conejo"), y la hermosísima actriz, **Cristina Urgel** (Patty O' Farrell). Y es de entender pues la trama se desarrolla en Melilla, Málaga y Marbella, y tomas en Marruecos, en México y USA. Se completa con los guapos mexicanos **Salvador Zerboni** ("El Ratas"); **Gabriel Porras** (El gato); **Rafael Amaya** (El Güero Dávila) (este último que nos enamorara y nos hiciera temer en su papel en ALGUIEN TE MIRA).

A Kate le hemos seguido los pasos con nuestra mirada constante desde aquella jovencita en **–Muchachitas-** 1991; y luego en **–Alguna vez tendremos alas-** que, coincidencialmente junto a Humberto Zurita, consolida una carrera efectivamente brillante siendo demasiado joven aún… La carrera de Kate ha sido constante, persistente y para nada aburrida. Se ha sabido manejar en el cine y la TV como pez en el agua. Títulos como **La mentira**, Ramona, **American Family**, **American Visa**, El

**imperio de Cristal**, **El último escape**, entre cine y TV.

No es de las actrices que aceptan cualquier papel, no. Escoge sus protagónicos selectivamente. Y esto ha sido su carta de presentación.

La reina del sur es una novela narco-tema cuyo discurso es más bien psicológico dentro de esas redes de distribución y enriquecimiento ilícito. La reina es un personaje que existió en la realidad (con distinto nombre, por supuesto) y capta no sólo las debilidades de ella sino también las fortalezas. Pienso que los escritores, guionistas, retratan en ausencia de fantasmas discriminatorios a la hora de ofrecernos un personaje fidedigno, identificable, cercano. Retratan sus luces y sus sombras. Son los espectadores los que no debemos satanizar a nadie; no importa lo que hizo ni lo que dejara de hacer. Al fin y al cabo alguna humanidad se podría extraer de su vivencia. En la reina del sur este tema está finamente bordado, exquisitamente planteado, de tal forma que, a pesar de que el personaje se transforma, se endurece, se pudre por dentro, se rehace, se lava de culpa en el dolor de la pérdida constante de seres queridos logra ganarnos a tal punto que justificamos como ella misma lo hace, su destino.

-¿Quién podría decir que un magnate de la droga, poderoso y que expande su poder a dos, tres continentes puede ser una persona que fue empujada-o a hacerlo, o que al menos, tiene corazón o pudor, ética o moral social?
-¿Qué tan cierta es la trama del Conde de Montecristo, que al igual que La reina del sur, se encuentra un buen samaritano que lo dota o la dota de una fortuna cuantiosa que le cambia la vida? En el caso de La reina del Sur, esa fortuna estaba en especie y para ver el tesoro hubo que vender ese alijo de drogas.

-¿Es el personaje humano, o sea alguien que no se llama Teresa, que existió alguna vez, o existe, una víctima del destino; del estar en el lugar equivocado a la hora imprecisa? En definitiva, miles de historias se tejen a escondidas y los personajes siguen siendo santos sólo porque no se le conoce su verdadera cara.

Mi opinión es que nadie, absolutamente nadie tiene la capacidad de juzgar con el dedo acusador pues mientras uno dirige un dedo hacia el frente, cuatro se dirigen hacia atrás, o sea, hacia la persona que señala. Todo humano tiene libre albedrío y pienso que es cuesta arriba juzgar sin medir las circunstancias que rodearon a un individuo en el momento de decidir quebrantar las leyes divinas, morales y sociales, que finalmente les marca toda su vida. Finalmente creo que la compasión, la lealtad, la fidelidad y el amor se pueden dar y no dar no importa en qué parte de los bandos te encuentres.

## 16

## El valor de los dones

*"Todo lo puedo en Cristo que me fortalece"*

Fil.4:13

Cuando recibimos una gracia, un don, un talento, debemos hacer como aquellos de los cuales habla **Jesús** en la famosa **parábola de las minas** (Luc.19:11-27) que cuenta sobre un noble que reparte diez minas entre diez siervos para que la trabajen en su ausencia. Uno guarda la mina que se le otorga para protegerla por miedo a perderla; otro la multiplica al doble con cierta discreción y aprehensión, evitando el exceso; y el último la invierte, sagazmente y la hace prosperar con grandes ganancias. Este último, tomó sus riesgos, fue valiente y triunfó. Cuando regresa el noble procede de la siguiente forma: el que tiene grandes ganancias, se le concede más riquezas. el que lo multiplica al doble, se le entrega de igual manera. El que sólo la guarda, se le quita y regaña por su poca destreza productora y desidia.

Obviamente contada desde mi perspectiva, para caer en el tema que les propongo a continuación. Y envuelvo en celofán el tema de la fe. Porque para prosperar en esta vida tenemos que estar asidos de mucha fe; pero también de mucha fuerza interior. Misma que se traduce en valentía, arrojo, poder de decisión y, antes que nada, un profundo amor divino. Insisto que no hablo de ninguna religión específica porque todas buscan la salvación de nuestro ser interior, que es lo que importa. Buscan hacer del hombre un mejor ser humano. Persiguen acondicionar el camino que, preñado de rosas nos sangra con sus espinas.

En cuanto a la gracia, al don, al talento... ¿estamos multiplicando los talentos que se nos fueron entregados por gracia? Por ejemplo: ¿Qué haces, amiga, amigo, con el don que tienes para pintar? ¿Qué haces con el don que tienes para tocar; con el virtuoso oído musical que se te fue brindando desde tu concepción? O, simplemente, y no menos importante, ¿qué haces con la habilidad y don que tienes para sumar, para administrar o para llevar la casa, para la mayordomía efectiva? Todos los dones son importantes. Como todos los dedos, desde el meñique hasta el índice, lo son.

¿Qué pereza? Vivir toda una vida quejándonos por lo que no tenemos y desperdiciando lo que sí poseemos. Esos tesoros están ahí, pero, o no lo valoras, o no te importan. E insistes en ser infeliz. En mirar las sombras y no las luces; el medio vaso vacío y no medio lleno...etc.

Medita que, nadie nos garantiza nuestra longevidad o nuestro paso efímero por esta vida; y que debemos trabajar duro con lo que se nos fue entregado. Particularmente creo que la vida es un curso intensivo donde venimos a pasar materias con altas calificaciones desde las perspectivas del amor, primero a ese ser divino, en mi caso, al padre, Dios, a Cristo, y el Espíritu Santo. En el caso de otros dogmas, cambian los nombres pero permanece la esencia divina.

Todos tenemos un plan de vida...aunque algunos no lo han descubierto. Y para eso deben comenzar ya mismo a escuchar esa voz interior. Y discernir cuando la voz es cómplice y conciliadora, o, por el contrario, disipa, mutila los sueños y las metas. Apaguen los ruidos del consumismo, del seguir a Vicente...que-va-donde-va-la-gente. Asuman una actitud que cuestione, que discurra y brinde respuestas. ¡Basta de fumar porque todos fuman! ¡Basta de querer clonarse en los otros para ser aceptados! No teman ser diferentes.

Creas o no en el poder divino, en la sangre preciosa de Cristo, él te ha estado llamando. Él toca tu puerta y no lo dejas entrar. De él proviene la gracia divina y los dones espirituales y materiales que ahora posees o que has gozado siempre. Si estás cansado de llevar las cargas del mundo, deposítala en él. Comienza a extirpar esos fantasmas que roban felicidad y te llenan de angustias.

Como sé que eres gran lector te invito a leer los evangelios de la Biblia. Nos cuenta de la vida de él y los sacrificios que hizo por nosotros. Del maravilloso amor que nos dio y nos invita a dar… "Ama a tu prójimo como a ti mismo", pero; y si no nos queremos. Si no nos aceptamos…vamos a comenzar por hacerlo. Soy imperfecta, mustia, llena de caídas y máculas y si él me amó, porque yo no me amo.

¿Quién contra mí? Por eso, todo lo puedo en él, que me fortalece. Y a vosotros también.

Me despido con esta cita de la Biblia que me suena tanto:... **"pues yo os digo: a todo el que tiene, se le dará; más el que no tiene, aún lo que tiene, se le quitará."** Luc.19-26

## *17*

## Los cuentos de Ramón Saba se pueden leer todas las noches

"La palabra, difícilmente arrancada al insomnio, ennegrece y enrojece; es piedra y es ascua; carbón y ceniza: a fuerza de calor, tiene frío. **Octavio Paz**

Si bien es cierto que la prosa como la define mi admirado Premio Nóbel y mejor escritor ***Octavio Paz***, "deja de ser la servidora de la razón y pasa a ser la confidente de la sensibilidad", en la obra –**Cuentos para noches de luna llena**- de nuestro conocido escritor, poeta-sonetista y mejor amigo **Ramón Saba**, se pueden destacar tres grandes características estructurales; unas apegadas a lo poético y otras bien cimentadas a la razón; a ese "savoir faire" depurado que demuestra dominio de la palabra contada, relatada y poetizada; en lo personal creo que las líneas demarcadoras de los géneros están más imperceptibles porque se puede leer en un cuento un verso y en un poema un cuento. Y así en los demás dejando sólo a la novela en su ambigüedad acostumbrada y en su 'soledad de corredor de fondo', parafraseando al fenecido escritor británico Alan Silitoe.

Se destaca, en estos permeables cuentos, primero: **la síntesis** como elemento que le da fuerza y cohesión a la ficción; mostrando una historia tal cual es. Debo decir sin ambigüedades ni florituras. Con un título atractivo y acertado en estos países tercermundistas donde la luz "falla" porque los cuentos rememoran aquellos que bajo la luz de la luna; en esas noches sin luz artificial donde tenemos que cobijarnos bajo las velas o la luz prestada de la noche de luna llena y nos ponemos a contar cuentos como estos. El Bastoncito es una crítica inteligente hacia el maltrato a la naturaleza; al vicio del cigarrillo con una ironía fina e inteligente. Con una lucidez desprovista de ego; llana y lúdica.

Y, precisamente este es un factor estrella en cada cuento... **el elemento lúdico-inteligente;** que es el segundo gran logro y se refiere unas veces a la construcción de personajes sarcásticos que nos harán reír o llorar pero siempre nos evocarán sorpresivamente; como en el caso de La carta a Papá, que es decididamente genial.

Y tercero y pienso que es lo más destacable en cuanto que del libro que no se aprende es mejor no leerlo... es su elemento **instructivo.** Cada cuento nos deja un sabor de boca dulce, aleccionador y reflexivo. Una moraleja imperdible.

En este libro de cuento se encontrarán con fábula, con tragedia, con drama y suspenso;

con humor fino concentrado en elementos cómicos-irónicos y hasta con un cuento en poesía, con rima y picardía como es el de la cucaracha enamorada.

Leer a Ramón Saba es un placer en sonetos, en poesía contemporánea o en estos cuentos cuyos elementos sorpresas siempre nos dejarán, al final, con una sonrisa dibujada en el rostro o con un madurado juicio sobre el ser humano en sus diversas facetas. Es un libro imprescindible en nuestra colección dominicana de autores destacados; pues Ramón Saba representa una corriente fresca y siempre actual, independientemente de lo cronológico en su vida y carrera.

## 18

## Saudade

Extraño tu mirada incontinente que desnuda la belleza a tu paso turbulento por mi vida para evocarla abstracta en tus lienzos de poeta. Llevo esa nostalgia colgada de mi pelo; ese que tanto te gustaba tocar, y enredar mis rizos mojados de vino y sexo.

Extraño las rosas; su olor. Las notas coloreadas de impresionismo. Las declaraciones confesas de tus sentimientos; las mariposas en mi estómago cuando te acercabas. El adagio de Albinoni que me hizo llorar-reír de plenitud: ese fondo musical que enmarcó nuestra primera vez. La guitarra del Compai Segundo que nos hizo bailar de lo cubano y aferrarnos a nuestra piel.

Extraño estar allí; en la capital vertical del mundo. Con sus edificios erectos, imponiéndose a nuestra marcha. Aquel toro negro hablando de su bravura y miedo cuando fueron derribadas las dos torres hermanas sin salir de su estatua, -de la libertad- cada día comprometido a los gobernantes y sus decisiones nefastas. El terrorismo sumando causas a la destrucción de hombre... y por el hombre y la mujer caer una y mil veces enfrentados en la guerra.

Extraño tu fuego arder en mi boca y como fogatas de medianoche de luna nueva alumbrar mi vecindario en el Bronx. Allí, en ese justo lugar donde se mezcla la variedad con la vacuidad; la indiferencia y lo automático. Donde hacer el amor es satisfacer una necesidad física; donde hablar sobre sentimientos está pasado de moda. Donde cualquiera sabe de arte y las exposiciones son tumultuosas. Donde todos leen algo en el tren; para no sentir el peso del tiempo golpear los sueños varados en el pago de la renta; los artículos de consumo diario y las ofertas imposibles de obviar.

Contigo volví a reír, a escribir, a pintar, a ser feliz. Contigo volví a creer en mí... a creer en el amor. Sin ti, no queda nada del amor, no hay futuros en esa materia gastada de pieles que yacen apostadas en las calles -piernas largas- del bajo Manhattan: en el Village, el barrio latino y la tercera avenida... en aquel bar donde bailamos salsas hasta tatuarnos el uno en el otro; donde comíamos y nos emborrachábamos de amor, del vino y de miradas eternas... sé que me amaste como yo a ti y sé que te pesa nuestra cita tarde en esta vida como a mí.

Extraño tanto de ti; que estoy segura nunca volveré amar así. Eras tan perfecto; tan humano, tan divino... dicotomía entre el hombre serio y el hombre bohemio; eras responsable y callejero...ataviado y vanguardista; romántico y ultramoderno... eras ying y yang...lo blanco y lo negro... el alfa y la omega.

Extraño tu paz cuando te concentras a leer un tema para tu obra... tu profundidad creativa; tu fuerza, tu color, tu vida. Cuando pones a volar las figuras desfiguradas en tu pincel y arropas con colores del caribe la tela... y me amas y me endiosas y me haces tuya desdibujando mi esencia a tu antojo... me cambiaste la vida y te convertiste en musa.

Expiraste y tu aliento se posó en mí para seguir bordando con palabras y color tu arte. Seguimos con nuestras mentiras de vida...cada cual representando su mejor acto.

Te cuento que, después de envenenarme de comida; de tapar cada voluptuosidad que tenía; de engrosar mi rostro, que tanto te gustaba, de ceder a la monotonía: un día rompí en mil pedazos mi estabilidad y quedé tambaleante como un bailarín en un trapecio endeble, lista para visitar el abismo. El abismo de la soledad, de la divorciada –de la que tiene una pancarta en la frente que dice -solitatem- sola –que todos confunden con licenciosa- mientras sólo soy la que no soporta un hogar de apariencias; de desayunos y días mudos. De funerales de risas, de camas bien tendidas; de locuras discretas. Me cansé, me tiré al vacío... a recuperar mi vida.

**Si me ven tan llena de vida; sigo vacía de mí**

Sé muy bien que me creen al verme tan segura escribir de amores, y es que sigo lloviendo dentro mientras que afuera escampa.

Y la vida como marioneta del destino es un simulacro de la muerte. Creen que soy valiente...y solo soy un holograma de un artista en su peor papel. Delineando gestos facturados in vitro; con mil fábulas asidas a un cuerpo lleno de libras, vacío de caricias.

¡No! No piensen que estoy loca si estoy sola y sin rumbo; si ahora soy un cerro adusto cuando fui volcán en erupción eterna. Si ahora soy cumbre eremita que le han robado la risa. Hinchada de pensar no siento. Frágil de sentir no pienso. Odio el espejo que retrata la que no soy. Soy la de ayer y vivo viendo una intrusa que se pegó a mis carnes.

Sigo siendo niña en un cuerpo viejo y mi exterior creció en el dolor. Oscar Wilde, lo sabía, no se tiene nada que ofrecer después de muerta la mocedad.

Si me ven tan llena de vida; ¡no lo crean!, sigo vacía de mí... como Dorian Grey en espera que se rompa el hechizo del retrato. Se han llevado todo. Busco pedazos de lo que un día fui: Fui como pava con una risa loca: piernas, curvas, quimera, leyenda de un corazón roto aún vivo; tuve que sepultar mi vida muerta. Extirpar la piel, mis ganas, mis cinco sentidos deseantes, glotones ex confesos... y suicidar los recuerdos tatuados en sed.

Quiero liberar los trozos que permanecen sanos de este corazón que amó sin medida; pues para amar de nuevo tengo que -sentir que vivo- sin evadir a los que tocan a la puerta. Dejar de vivir sola como la osa que dormita y huye del frío en la inconciencia de la muerte...en hibernación sicalíptica. Y volveré amar cuando termine mi redención en versos.

## 20

### Raindrops keep falling

En sumisión total de mis sentidos, que se encadenaron a la nostalgia, a los recuerdos de nuestros pasos por esta existencia preñada de segmentos o trailer de odiseas tragicómicas que se montan como farsas itinerantes, donde el amor precoz dimitía flores y astillas: Y un B.J. Thomas por ejemplo nos hace viajar a un bajo Manhattan multicolor preñado de diversidad racial y grandiosidad, con su Raindrops keep falling-

Y viajamos por otras escenas eternas, de luces cegadoras, de sombras indelebles, al servicio de la música country del año en qué nací con temas del grupo The Carpenter, the Beatles, Elton John, etc., me dejé susurrar la piel y penetrar todos mis sentidos hasta llegar a la razón, difícil de convencer pero fácil de justificar. Y me han sugerido al oído volver a vivir. A volver a sentir la calidez de un cuerpo o la caricia de un beso, un abrazo, una propuesta indecente...: porque aunque soy feliz conmigo misma...siendo extraña, extravagante o hada de luz y luna, un poco diferente al común, soy feliz con lo que soy, con lo que tengo y lo que no... soy feliz con lo que puedo hacer y con las limitaciones a que estoy sometida, puedo decir que soy feliz. Juro que más feliz que acompañada por roedores del alma, esos que hacen ruidos y no dejan lugar al silencio de una mente creativa, por un lado... y a esa parte idealista, que vuela cada cuanto a recrear historias o a inventar desventuras más reales que la propia realidad. Que no permiten volar en escobas -si así lo decido-, ni navegar el aire, o volar en el mar, en fin, vivir en una burbuja reinventada, seguir siendo niña vieja jugando a ser Alicia o Gretel, y construir un mundo de azúcar y chocolate, maravilloso sólo para los que tienen imaginación. Hoy voy a renacer de las cenizas, de nuevo, como otras tantas veces... voy a por nuevas miradas que me hagan sentir viva en carne y hueso...A romper esquemas y viejos prejuicios, a besar a un sapo a sabiendas que no será príncipe...hoy menos que nunca cuando mis expectativas no son físicas, no obstante espero besarlo y saber que es un iluminado, un Dios, un poeta o por lo menos, un ser que transita las escaleras a una eternidad que nos consagre como luchadores, limadores de superficies rugosas, constructores de paz y amor.

Por tanto, se busca, un hombre sapo-genio ilustrado que hable y discuta, que me lleve la contraria...soy mujer contracorriente y no me gustan los tontos, simples, sencillos, de frases hechas, pensamiento predecible y hombres huecos que no conocen la definición de –crecer como humanos-. Soy una mujer creativa, compasiva, intensa y casi bipolar... Terriblemente apasionada. Si muriera ahora, felizmente el epitafio diría...- Feliz me despido, he vivido a toda vela y sin treguas-.

No me gustan los controles ni me siento ser directora de nada. No hago nada para ser canonizada ni para ser paradigma de nadie. Cada cual es como cada cual. Odio, si algo odio, la mediocridad, la copia barata, el parecerse a, el seguir ciegamente una doctrina o fundamento autócrata. Pienso en la vida como una carrera subjetiva e intima, como una lucha sin cuartel donde cada cual debe jugar su mejor carta. Un hombre amante del vino, de la cocina, de la noche, de la luna... prefiero los amores de novela, con fecha de caducidad, si así es el pago a tanta intensidad, pasión y entrega. No me gusta lo tibio, o es blanco o negro...las medias tintas nunca fueron de mi agrado. Todo o nada. Se busca un hombre romántico y sanguíneo... visceral y educado, seguro de si mismo sin llegar al egocentrismo. Que sea feliz, porque no tengo la fórmula para catar su interior... y la felicidad solo reside allí.

Soy grande, con exceso de equipaje por amor a la comida y estilo de vida sedentario...Consumo con pasión todas las comidas: las que engordan el cuerpo y engordan el alma y el conocimiento. No me arrepiento de esto y no quiero a alguien que me quiera cambiar porque soy feliz. Si tengo que tomar como único amante, amor de toda mi vida a la literatura lo seguiré haciendo: Ella es insustituible, inevitable...es como mi piel anexa, mi razón de ser, mi vida. Cuando se posa en mí y me acaricia me lleva al olimpo, a la tierra de los dioses: me brinda los orgasmos múltiples más placenteros que ningún hombre fue capaz de darme... seguiré siendo feliz sólo con ella... cualquier hombre que me ame debe compartirme.

## ¡Y si no hay opción!

Sólo si no hay elección, ¿y si está escrito? ¡Corre, corre, que tus enemigos no te alcancen! Que el pecado heredado de la cuarta generación no te humille; no te haga ofrecer la otra mejilla; no te pida cuentas ajenas de los desatinos de otros que por causalidad llevaron tu sangre. Son como redes que atrapan con migajas de goma en garfios apócrifos; que nos conducen hasta el abismo de inconciencia presumida de intelecto embotellado; de conveniencias ególatras cuando los incidentes encuadran al hombre en un monumento a la mediocridad o la fatuidad; no se equivocó Ortega y Gasset "Yo soy yo y mi circunstancia" Las mismas que me hacen torcer el brazo después de decisiones arbitradas a lo instintivo... mi medio, mi ambiente, mi bolsillo, mi poder, mi cansancio, soy yo pululando en aquella mezcla de lava volcánica a punto de quemarme las pestañas y subiendo estancada por ósmosis mágicas-divinas, por la fuerza de la fe.

Juzgar, se me hace tan cuesta arriba; alzar mi mano y declararte culpable sin conocer las razones por las que caíste tantas veces. ¡¿Por qué nos creemos tan soberbios al deliberar sobre lo bueno, lo malo, lo justo, lo ético del-otro?! ... Acaso no estamos llenos de escatológicas marcas que nos definen como nada. Podemos escoger ser seres de luz, seres de sombra, seres invisibles, abominables, seres mudos o imperfectos; pero al fin y al cabo somos seres humanos... lo que no me queda muy claro es: ¿Podemos realmente escoger? Hay héroes de metal y sangre, son como vacas al matadero de las naciones; con un conjunto de neuronas atrofiadas de minas que explotan en sus cabezas. Pululan con la mirada perdida en la lluvia de fuego y escarchan lágrimas que miles lloraron. Sus corazones son nichos fríos de memorias en lápidas. Nada bueno dejan las guerras. He aprendido que somos discípulos y maestros; que de todos se aprende algo; que si no servimos para servir deberíamos preferir la muerte; que podemos ser maestros de nuestros padres; que tenemos la capacidad de cambiar y elegir nuestro futuro. Que renacemos de las cenizas tantas veces como caemos y que para eso sólo se necesita una voluntad férrea y no detenerse por nada en el camino. Lo único que nos derrumba es la muerte, la intolerancia, el desamor. Piensa en ello.

## 22

## Si lo hubiera sabido...

**Imbuida en una suerte de abstracción viajé al momento del retrato de boda, a mediados de los ochentas. Una luz refulgente resaltaba lo blanco hasta la invisibilidad del vestido de novia. ¡Si yo lo hubiera sabido...! Pensé. Si hubiera sabido que tus días fueron contados hasta la edad de Jesús, treinta y tres, el adiós, entre nosotros, se hubiese prorrogado.**

Ese día todos brindaron por nuestro amor y felicidad; el jardín de tu casa fue testigo de la celebración en estricta comunión familiar salvo esos grandes amigos de ambos que nos estuvieron acompañando.

En la iglesia puso la nota sacra y genial dirección, tu tío, el padre Cesar Hilario y su majestuoso coro, orgullo del país, Orfeón de Santiago.

Fuiste miembro de esa agrupación hasta tu partida. Yo pertenecí hasta que Marie decidió venir al mundo. Pero en la panza fue a varios conciertos hasta el momento de su nacimiento.

Lo abandoné finalmente, antes de Arnaldo morir pues nuestra relación, cansada, necesitaba oxigenarse. Ya no podía dejar a mis dos nenas al cuidado de la abuela. Yo no quería despegarme de ellas cuando llegaba del trabajo. ¡Qué placer era reconocer cada palabra, cada gesto, cada mirada nueva que aprendían. Contrario a Arnaldo, era muy activa, extrovertida y quería todo para el día antes... vivía estresada y arrodillada al progreso; a las señales de prosperidad; a la combinación de los zapatos y la cartera: si eran Nine West o Guchi, mucho mejor. Experta en copiar la moda de Coco Chanel; del olor del Chanel 5 y del agua de baño de Ginnate... Una vida plástica, ligth leyendo sí, sin abstraer nada... sólo llenándome el cerebro de información que más tarde, hoy, necesitaría. Fui una esclava de la moda y de la belleza. Eso sí, siempre fui buena madre y buena hija. Viví en el terror de pensar que algo superior nos ve con ojos azorados y lupa, siempre a la espera de poder castigarnos. Las necesidades de mis hijas estuvieron o están por encima de las mías. Las acostumbramos, por iniciativa mía a acompañarnos a todos los eventos siendo muy chicas... sabían comportarse en el cine, en una exhibición de pinturas o libros; igual en una pizzería-heladería... con uno que otra mancha en sus vestiditos y hasta en los salones de belleza. Recuerdo a Emily, la mayor, como tomaba los cubiertos y se acomodaba la servilleta en las piernas... Y yo siempre navegando en dos polos, por un lado la madre abnegada y apegada a mis hijas veinticuatro siete; y, por la otra, la artista, la que ensayaba, la que pintaba, la que tenía presentaciones dentro y fuera de la ciudad. La empleada de una empresa importante, la que pertenecía a un grupo social, donde nos reuníamos a cenas, cumpleaños, sorpresas y asaderos hasta que se me rompió la vida como cuando te cae un balde de agua fría desde un jarrón de rosas en la cabeza, justo a la mitad de la vida, cuando todo, debiera funcionar al máximo... una metamorfosis, un cambio, una oportunidad de crecer se me presentaba y yo, en el momento, sólo pensé en que mi vida había llegado a su fin... más tarde, como si todo esto fuera poco, se marcha del plano físico el que fuera como un ángel en mi vida... y me quedo más sola que siempre. Yo fui la macha de la casa, si se quiere, la que resolvía todo, todo. El hacía esfuerzos y ganaba algo de dinero que, cuando veníamos a ver, ya estaba destinado al último disco de Juan Luís Guerra, que no era -Mudanza y Acarreo-, ese ya lo teníamos, sino el siguiente. Eso si yo le reclamaba con gritos y lágrimas sobre su imposibilidad de hacer una lista de prioridades y gastos y egresos y al final, terminábamos bailando a Juan Luís y su dichoso nuevo álbum. Escucharlo me da una inmensa felicidad, me recuerdan nuestros años dorados. Y eras feliz y nos hacías feliz. No recuerdo a otro ser humano que se sintiera más feliz consigo mismo. Seguro de lo que quería. No prestaba oídos a ninguna sugerencia de adentrarse en el mundo común, tramposo, doble-cara, políticamente correcto. No. Nadie te pudo cambiar, ni siquiera yo y mira que me amaste. Me amaste como nadie. Aún conservo tus besos sellados a mi piel.

Y cuántas veces te crucificamos, todos, comenzando con tu núcleo familiar. ¡cuánto te exigimos que pensaras en el futuro, que crearas proyectos, que construyeras metas, que te enfocaras en algo provechoso no en la vida aparentemente light, si te recordamos en tu pasión por la gimnasia, por los aeróbicos, no por el culto al cuerpo per se, aunque eras hermoso, un adonis; sino por la salud natural; y si te pensamos escuchando horas enteras a Bach y a Tshaykoski, a la maravillosa colección que tiene tu padre, tanto en libros como en discos clásicos, o a los cursos de historia del arte que ambos tomábamos cuando aún fuimos novios despreocupados con todo el tiempo para hacer y deshacer las cosas... Me enseñaste mucho en tu paso por mi vida como mi primer esposo y padre de mis hijas, me enseñaste que la vida no debe tomarse muy en serio, aún no lo aprendo. Me enseñaste a respirar minuto a minuto; a despreocuparme por la hora siguiente. Y sí, hubo señales, las hubo por todas partes... tu fijación por lo pasado como por Agustín Lara... que me hacía llorar a mares como en un ensayo premeditado de la ausencia que vivirían mis hijas. Y también sé que hiciste muchas cosas por complacerme a mí, a tus padres, a la sociedad, como todos...que nos creemos culpables si no acatamos las órdenes, aparentemente normales de la vida. ¿Es la vida una condición humana o animal que dependa de grupos de opiniones y de cánones preestablecidos como un uniforme que debe servir a todo el mundo? Pienso que no. La vida no te sirvió, siempre anduviste estrecho con las bolas apretujadas y con la mirada llena de miedo. Miedos de los otros, miedo de la crítica, miedo de la exclusión, miedo del fracaso, miedo de la aventura, miedo a la infelicidad. ¿Cuándo aprenderemos a respetar las decisiones de los otros, a dejar que cada quien sea responsable de sus vuelos, de sus aterrizajes, forzados o no... de sus éxitos y de sus fracasos? Como madres y padres, novias y esposas, hermanos, amigos queremos controlar la vida de las personas que, supuestamente, queremos, y digo supuesto porque eso no es amor. El hombre y la mujer por naturaleza son entes libres. Es más, Dios nos creó con libre albedrío, no obstante, cuando nacemos nos vemos atados, amordazados, encadenados a una serie de conceptos que desde la inquisición son leyes creadas por un grupo de gente que no tenía más nada que hacer, sólo jugar a los súper poderosos. Y hasta el día de hoy. Sí lo hubiera sabido probablemente todo hubiese sido igual.

www.ingramcontent.com/pod-product-compliance
Ingram Content Group UK Ltd.
Pitfield, Milton Keynes, MK11 3LW, UK
UKHW041936190726
13854UKWH00004B/1615

9 781471 669378